AF591267

VENTE

AU PROFIT

DE

M. ANASTASI

La vente au profit d'Anastasi.

Avant-hier a eu lieu à l'hôtel Drouot la vente des tableaux offerts par les peintres à M. Anastasi, leur confrère, frappé de cécité en juin 1870. Dès que ce malheur l'atteignit, tous les artistes se mirent à la tâche pour envoyer leur tribut d'amicale et fraternelle charité à cette vente, destinée à assurer pour toujours le bien-être et le repos du peintre aveugle.

Jamais tableaux modernes ne se sont vendus aussi cher. Le public a tenu à s'associer à la généreuse pensée des artistes.

La vente des tableaux s'est élevée au chiffre total de 110,7[illegible] francs.

Hier, à deux heures, a commencé à l'hôtel Drouot celle des aquarelles, dessins, bronzes, etc., offerts par les autres artistes.

Au dire de l'éminent expert P[illegible] dra le chiffre de 40,000 francs.

Si l'on ne peut rendre la vue à Anastasi, le peintre aveugle aura du moins, grâce à ses confrères, la faculté de choisir, suivant la belle expression de Théophile Gautier, le mur blanc crépi à la chaux et festonné de vigne, au bord de quelque mer bleue, contre lequel, songeant à la vision du monde évanoui, il aspirera mélancoliquement la [illegible] chaleur du soleil.

TABLEAUX ET DESSINS

Offerts à M. Anastasi par ses confrères.

Vente des 5 et 6 février.

Me Boussaton, commissaire-priseur;

M. Francis Petit, expert.

Nous ne surprendrons personne en disant que la vente au profit de M. Anastasi a pleinement réussi; elle a même dépassé toutes les espérances. Parmi les principaux acquéreurs, nous mentionnerons la famille Rothschild, Mme la princesse Mathilde, MM. Alexandre Dumas, Surville, Goupil, Erard, Calloue, Hoschedé, etc.

M. Carpeaux, de retour d'un long voyage, ne put envoyer son offrande que pendant la vacation du dernier jour; en voyant entrer le buste en terre cuite d'une des figures du gro[illegible] de l'Opéra, le public l'accueillit par un murmure approbateur, bientôt confirmé par une de 1,075 francs.

Les deux vacations ont produit 137,069 fr.

CATALOGUE

DE

TABLEAUX

AQUARELLES

DESSINS, BRONZES, ETC., ETC.

OFFERTS

PAR TOUS LES ARTISTES

A

M. ANASTASI

Leur Confrère, frappé de cécité

DONT LA VENTE AURA LIEU

HOTEL DROUOT, SALLE N° 8

Les Lundi 5 et Mardi 6 Février 1872

A DEUX HEURES

PAR LE MINISTÈRE DE Mᵉ BOUSSATON, COMMISSAIRE-PRISEUR

Rue de la Victoire, 39

ASSISTÉ DE M. F. PETIT, EXPERT, RUE SAINT-GEORGES, 7

EXPOSITIONS

(Salles 8 et 9)

PARTICULIÈRE, LE SAMEDI 3 FÉVRIER, DE 1 A 5 HEURES

Publique, le Dimanche 4 Février, de 1 à 5 heures

1872

CONDITIONS DE LA VENTE

Elle sera faite au comptant.

Les acquéreurs payeront *cinq pour cent* en sus du prix d'adjudication.

S'il est pour un peintre un malheur affreux, irréparable, dont la pensée seule donne le frisson, pire que la mort qui du moins termine tout, c'est celui de devenir aveugle. Aveugle, Homère l'a été, Milton le fut aussi, mais le souvenir du monde disparu vivait en eux ; ils pouvaient dicter ou chanter leurs poëmes sublimes. Toute communication n'était pas interrompue entre eux et leur œuvre. Beethoven sourd entendait en lui les symphonies merveilleuses que retraçait sa plume. Le peintre, quand le rayon s'éteint dans son œil, quand cette fenêtre ouverte sur la création se ferme devant lui, est incapable de rien exécuter. Son talent le quitte brusquement. La main qui n'est plus guidée retombe inerte et laisse échapper le pinceau. Le dessin et la couleur sont impalpables et ne se révèlent pas aux doigts comme les contours de la sculpture. Tout est fini. L'inexorable nuit entoure désormais le malheureux ; en vain des tableaux rendus plus lumineux encore par l'obscurité qui les environne se peignent dans son imagination comme dans une chambre noire ; en vain, intérieurement, le soleil brille, le ciel s'azure, les arbres verdissent, les premiers plans s'accentuent, les horizons fuient, les formes se dessinent, les groupes se nouent, ramenés par une mémoire trop fidèle ; le pont qui conduisait du rêve à la réalisation est rompu.

Au mois de juin 1870 nous étions à Saint-Gratien, ce charmant séjour si hospitalier aux artistes, avec ce pauvre Anastasi. Il jouissait délicieusement de son bonheur, ne prévoyant guère ce que la destinée cruelle lui réservait. Après bien des épreuves, bien des souffrances, bien des misères peut-être, le succès lui était venu, couronnant de persévérants efforts. Il se sentait accueilli, aimé, compris. Jamais il ne fut plus gai, plus expansif. Toute la journée il errait dans le parc, choisissant un de ces beaux arbres qui datent de Catinat, pour en faire une étude, prenant un point de vue, notant un effet de couleur ou de lumière, copiant une guirlande de fleurs heureusement jetée, car son repos même était laborieux et la pensée de son art ne le quittait jamais. On allait à son arbre sûr de l'y retrouver, et ce qui le matin n'était qu'un croquis, était le soir déjà presque un tableau, tant son coup d'œil était juste, sa main rapide et d'une élégante certitude, récompense d'un travail assidu. On se penchait vers l'esquisse, on la confrontait avec la nature qui avait posé devant le peintre sans réclamer le quart d'heure de repos du modèle, et l'on complimentait Anastasi, dont la sincère modestie réclamait contre ces éloges.

Après dîner, le soir, tout en fumant des cigarettes sous la verandah, il plaçait timidement un mot fin et juste dans les interminables discussions esthétiques, thème éternel de nos entretiens. Si quelqu'un s'asseyait au piano, il lâchait la causerie pour aller écouter la musique qu'il adorait comme tous les peintres, différents en cela des poëtes qui ne la peuvent souffrir, par jalousie de métier sans doute. Comme s'il pressentait qu'il n'en dût pas profiter longtemps, il s'abandonnait avec délices à la vie charmante qu'on menait alors dans ce décaméron de l'art présidé par une autre Fiammetta.

Cependant la sérénité s'altérait, des bruits de guerre commençaient à se répandre, un tonnerre sourd grondait à l'horizon, présageant l'orage qui allait bientôt éclater.

Ce fut vers ce moment-là qu'Anastasi ressentit les premières atteintes de son mal. Il voyait des papillons noirs danser devant ses yeux, comme des morceaux de papier brûlé qu'emporte le vent. La nature lui semblait se rembrunir comme un vieux tableau dont les nuances se carbonisent; les couleurs baissaient de ton, changeaient de valeur; les contours s'effumaient et devenaient confus, même le soleil noircissait comme dans la gravure d'Albert Dürer; peu à peu les objets s'éteignaient dans une pénombre crépusculaire. Une nuit qui n'était pas marquée sur le cadran allait venir pour le pauvre artiste. Des douleurs d'abord sourdes, ensuite plus vives, se manifestaient. Anastasi, qui n'avait cru qu'à une fatigue passagère de la vue, pensa avec terreur à la cécité. L'ombre opaque montait toujours et s'épaississait autour de lui; il pouvait dire à la Destinée féroce, comme le petit prince Arthur à son gardien : « Hubert! Hubert! mes pauvres yeux! »

Tous les soins imaginables furent prodigués au malheureux peintre; tout ce que la science peut essayer fut tenté. Peine inutile! la nuit avait noué à tout jamais son bandeau noir sur ces yeux si clairvoyants naguère.

Cet affreux malheur, lorsqu'il fut certain, car chacun s'obstinait à l'espoir comme Anastasi lui-même, excita dans le monde si sensible des arts une vive et profonde sympathie. C'était là une infortune à frapper plus que toute autre l'imagination des peintres. En effet, la cécité pour eux, c'est la mort vivante, c'est l'annihilation complète du talent, l'écroulement soudain des rêves d'avenir. C'est plus que cela encore : la disparition de cette vaste nature dans la familiarité de laquelle ils vivaient, l'éva-

nouissement éternel comme au fond du tombeau, de ce monde de formes et de couleurs, source pour eux d'inspiration et de jouissance, dictionnaire toujours ouvert où ils cherchent des mots pour exprimer leur pensée. Aussi tous furent émus et touchés au plus tendre de l'âme. Anastasi était d'ailleurs très-aimé et très-estimé pour son caractère et son talent, qui grandissait et s'affirmait chaque jour.

On résolut d'assurer ce brave et loyal garçon, si laborieux, si méritant, si artiste, contre les vicissitudes de l'avenir et peut-être contre les besoins ou les misères du présent, car la tête de mort qui sert de tirelire aux peintres n'est jamais bien pleine de monnaie. Chacun promit de grand cœur qui un tableau, qui une aquarelle, qui une étude, ou une statuette, ou un émail, ou une coupe ciselée, quelqu'un de ces morceaux délicats que les artistes choisissent et réservent pour eux.

Mais bientôt se déclara ce cataclysme de désastres inouïs que l'esprit, malgré l'évidence, se refuse à croire : l'invasion du sol, les défaites sans revanche, les prises de ville, l'investissement et le blocus de Paris, la famine et la mort lente par inanition, la petite vérole noire, le bombardement, le pillage, le massacre et toutes ces calamités des époques les plus sombres de l'histoire qui faisaient penser à un déluge de barbares Huns, Goths, Hérules, conduits par un Attila.

Il fallait prendre le chassepot, courir aux remparts, suppléer la garnison des forts, veiller aux portes, affronter la pluie incessante de projectiles, s'engager dans les régiments de marche pour ces sorties d'où l'on rentrait (quand on rentrait) toujours héroïquement battus. A peine l'art, en ces jours funestes, trouva-t-il le temps d'élever sur le glacis, à deux pas du corps de garde, une tête de la République et une statue de la Résistance, modelées en neige.

Les ateliers étaient déserts et n'avaient d'autres visiteurs que les obus entrant par le toit et éclatant au milieu des toiles, des châssis et des bosses, car les artistes, il faut leur rendre cette justice, se conduisirent très-bravement pendant le siége. Henri Regnault ne l'a que trop prouvé. On ne pensait guère à la peinture de ce moment-là, ou du moins on n'avait pas le temps d'en faire. On ne s'occupait que de la Défense nationale, *et si l'on avait quelque loisir, on cherchait à découvrir à travers le brouillard le vol de quelque pigeon messager rapportant des bulletins plus ou moins authentiques et les lettres microscopiquement photographiées des chers absents. Il ne faut pas s'étonner et mal juger du cœur humain si, en telles circonstances, Anastasi fut, non pas oublié, mais un peu négligé. Il dut comprendre, puisque le spectacle des choses lui était retiré, au tonnerre des boulets, au fracas des bombes, au sifflet des obus, au rôle des mitrailleuses, au petillement des balles, aux clameurs de la rue, qu'il se passait des événements de la plus sinistre gravité, et que l'heure était vraiment trop solennelle pour qu'on pût penser à lui. Son désastre particulier se perdait dans le désastre immense!*

Après la capitulation, lorsque Paris, cet autre radeau de la Méduse, peuplé de spectres hagards et frénétiques, put enfin se ravitailler, quand on eut dévoré les premières bouchées de pain et de viande, on se souvint bien vite d'Anastasi.

Quelques tableaux destinés à la vente au profit du pauvre aveugle commencèrent à se grouper, mais la Commune vint avec ses sauvageries, ses fureurs, ses démences, ses massacres, mille fois plus horribles que l'invasion elle-même. Peut-on organiser une vente de tableaux dans le cratère d'un volcan en éruption? ce serait une tentative aussi folle qu'inutile. Anastasi dut encore attendre.

Aussitôt que les monstrueux bandits chassés par nos valeureux soldats eurent abandonné leurs dernières défenses, aux lueurs de Paris flambant sous des flots de pétrole, dès qu'on put marcher dans les rues désobstruées de leurs décombres, M. Beugniet, qui s'était chargé de conduire l'affaire à bien, se remit en marche avec un zèle, une activité, une chaleur d'âme et une infatigable persévérance qu'on ne saurait trop louer, ne plaignant ni son temps, ni sa fatigue, ni sa dépense. Ce n'est pas une petite affaire que de réunir, pour une date fixe, plus de deux cents objets d'art.

Sans doute la bonne volonté est égale chez tous. Ce qui a été promis en toute effusion de cœur sera religieusement tenu. Ces billets de l'âme ne se laissent pas protester. Si le tableau était tout prêt, tout encadré, tout verni, le peintre dirait, quelle qu'en fût la valeur : « Prenez et emportez. » Mais comme l'homme de Montaigne, l'artiste est « ondoyant et divers. » Il a ses caprices, ses enthousiasmes, ses langueurs, ses moments de paresse où il pourrait dire comme Murger : « Il y a comme cela des années où l'on n'est pas en train. » Il s'agit de trouver le jour de l'entrain, et M. Beugniet ne le manque jamais. D'autres se laissent distraire par une nouvelle idée et abandonnent l'ancienne, recommençant ce qui est bien fait : il faut savoir les arrêter et dérober leur toile à temps. L'exactitude n'est pas leur fait, même lorsque leur cœur est intéressé. Cependant les retardataires, ceux qui n'ont pas de tableaux tout faits, trouvent à la dernière heure une inspiration pour leur cher Anastasi, et ils enlèvent au bout du pinceau une de ces délicieuses esquisses tout feu et tout esprit, qu'admirent surtout les connaisseurs. M. Beugniet a fort heureusement surmonté ces difficultés. Qui achèterait en bloc la collection réunie par ses soins, aurait une très-jolie galerie de l'école française, où ne manquerait aucune note significative.

Nous voulions terminer ces lignes en citant les maîtres les plus illustres qui ont envoyé leur tribut d'amicale et fraternelle charité à cette vente si longtemps retardée par la fatalité des événements. Mais un scrupule touchant d'Anastasi nous arrête. Dans sa reconnaissance égale pour tous, il ne veut aucune exception. Pourquoi mettre celui-ci en lumière et laisser l'autre dans l'ombre? Le cœur est tout pour lui, et l'obole vaut autant que la pièce d'or. Il ne fait d'exception que pour Corot, le maître vénérable et respecté de tous, qui lui a inspiré l'amour du vrai et du beau, le peintre élyséen, à qui la nature apparaît à travers la gaze d'argent de la poésie. Nous aimons ce respect filial de l'élève.

Bien que, selon nous, l'égalité ne doive pas régner dans la république des arts — pas plus que dans l'autre — nous respecterons cette délicatesse de sentiment; mais Anastasi ne nous empêchera pas de dire qu'à sa vente seront réunis le présent et l'avenir de la peinture en France, et que dans les deux cents noms que renferme le catalogue de M. Beugniet figurent toutes les gloires, toutes les illustrations et toutes les promesses de l'école française.

On peut donc espérer, sans crainte de mécompte, que le produit de la vente sera tel, qu'il assurera pour toujours le bien-être et le repos du peintre aveugle. — Triste antithèse faite par le sort! — Il est doux d'être ainsi pen-

sionné par ses frères en art. Désormais, si l'on ne peut lui rendre la vue de la lumière, Anastasi a du moins la faculté de choisir le mur blanc, crépi à la chaux et festonné de vigne, au bord de quelque mer bleue, contre lequel, songeant à la vision du monde évanoui, il aspirera mélancoliquement la tiède chaleur du soleil.

THÉOPHILE GAUTIER.

DÉSIGNATION

PEINTURES

AUGUIN (L.-A.)

150. 1. — Paysage.

BARON (Henry)

710. 2. — La Discussion.

BAUDRY

400. 3. — Tête d'étude, d'après le *Marat* de David. Alex. Dumas.

BELLANGÉ (Eugène)

105. 4. Un Balayeur (camp de Châlons). Petit.

BERCHÈRE

800. 5. — La Halte (crépuscule). Baron de Rothschild.

BERGERET

6. — Nature morte.

BERNE-BELLECOUR

7. — Port-Marly.

BERNIER (CAMILLE)

8. — Paysage et animaux.

BONNAT

9. — Mendiants italiens.

BONVIN

10. — Intérieur de couvent.

BOUDIN

11. — Port et plage de Trouville.

BOUGUEREAU

12. — Tête de jeune fille.

BOULANGER (Gustave)

13. — Un coup de vent dans la plaine d'Alfa.

BOURGES (Mlle)

14. — La Prière.

BRANDON (Édouard)

15. — Le Matin en Sabine.

BRETON (Émile)

16. — Clair de lune.

BRETON (Jules)

17. — Femmes sous les bois.

BRISSOT

18. — Troupeau de moutons.

BROWN (J.-L.)

19. — Campement de troupes. Guerre de Sept ans.

BUSSON

20. — Souvenir du Vendomois.

CABAT

21. — Paysage (bords d'une mare).

CARAUD

22. — Jeune fille au Chat.

CHAMPEAUX (Octave de)

23. — Paysage ; soleil couchant.

CHAVET

24. — Van Dyck.

COROT

25. — Jeune femme.

COROT

26. — Paysage ; Fontainebleau.

DAUBIGNY

27. — Bords de la Seine, près Pont-de-l'Arche.

DAULNOY

28. — Étude dans le Berry.

DE COCK (César)

29. — Une Ferme en Normandie.

DE COCK (Xavier)

30. — Paysage flamand; effet d'automne.

DELAUNAY

31. — Un tableau.

DESCOMBES

32. — Le Ruisseau.

DESGOFFE (Blaise)

~~33. — Nature morte.~~

DUBUFE (Édouard)

34. — Tête d'étude.

DUPRAY

36. — Le Rappel.

DUPRÉ (Jules)

37. — Cabanes à Cayeux-sur-Mer.

FICHEL

38. — Un Fumeur.

FLAHAUT (Léon)

39. — Paysage; bords de la Seine (Bougival).

FOULQUIER

40. — Marine; barque de la Hougue.

FRANÇAIS

41. — Rouissage du chanvre en Touraine (bords de l'Indre).

FRÈRE (CHARLES)

42. — Paysan sur son âne.

FRÈRE (ÉDOUARD)

43. — L'Application.

FRÈRE (THÉODORE)

44. — Soleil couchant (au Caire).

FROMENTIN

45. — Souvenir d'Afrique.

GÉROME

46. — Le Battage du blé en Égypte.

GIDE

47. — Un Moine mendiant.

GIRARDET (FEU KARL)

48. — Paysage; vue de Suisse.

Offert par Mme veuve Girardet.

GIRAUD (CHARLES)

49. — Jeune Bretonne au bord de la mer.

GIRAUD (EUGÈNE)

50. — Le Marchand de chiens.

GOUPIL (JULES)

51. — L'Hiver, étude.

GUÉRARD

52. — Les Hirondelles de mer.

GUIGOU (PAUL)

53. — Bords de la mer, à Saint-André; environs de Marseille.

GUILLEMIN

54. — La Conversation.

HAMMAN

165. 55. — Ancien moulin, à Saint-Ouen.

HANOTEAU

265. 56. — Un Chasseur; effet de neige.

HARPIGNIES

260. 57. — Chaumière, environs d'Avallon (Yonne) Hecht.

HÉBERT

4.400. 58. — La Fontaine de Cervara, campagne de Rome. Brunant.

HEULLANT

135. 59. — Une Japonaise.

HILLEMACHER

160. 60. — Nature morte.

HIRSCH

160. 61. — Nature morte.

HUGUET

62. — Une Halte (Algérie).

HUYSMANS (J.-B.)

63. — Le Marchand d'oranges.

IMER

64. — Constantinople, marine.

JACQUE (Charles)

65. — Le Petit Moulin.

JACQUEMART (Mlle)

66. — Les Cuisiniers.

JAPI

67. — Clair de lune.

JALABERT

68. — La Petite Sœur.

JONGKIND

69. — Dordrecht; effet du matin (Hollande

LAMBERT (EUGÈNE)

70. — La Convoitise.

LAMBINET (ÉMILE)

71. — Bords de la Seine (Bougival)

LANDELLE

72. — Fontaine de Béast (Basses-Pyrénées).

LAPIERRE (ÉMILE)

73. — Soleil couchant.

LAROCHE

74. — Le Premier Enfant.

LAVIEILLE (EUGÈNE)

75. — Aux Sablons, forêt de Fontainebleau; printemps.

LEFEBVRE (Jules)

76. — Femme couchée.

LE ROUX (Eugène)

77. — La Récréation.

LÉVY (Émile)

78. Rêverie.

MADRAZO

79. — Tauréador.

MAGY

80. — Halte d'Arabes.

MARCHAL

81. — Le Précepteur (Alsace).

MASSE

82. — Une Égarée sous les bois.

MAZEROLLE

83. — L'Amour enivré par Psyché (esquisse de plafond).

MESGRIGNY (F. DE)

84. — Étude d'après nature (Auvergne).

MONGINOT

85. — Grenades et Raisins.

MOREAU (Mme CAMILLE)

86. — Entrée d'un herbage, à Villers-sur-Mer.

MOREAU (GUSTAVE)

87. — Hercule au lac Stymphale.

MULLER (CH.-L.)

88. — Tête de Bohémienne (orientale).

NAZON

89. — Paysage.

ORRY (Abel)

90. — Pommiers en fleur; environs de Marlotte.

OUDINOT (A.)

91. — Bords de l'Oise (paysage).

OUVRIE (Justin)

92. — Le Château de Pierrefonds.

PABST (Alfred)

93. — Souvenirs de la France (Alsace).

PALIZZI (Joseph)

94. — Chèvres et Poules.

PAPELEU

95. — Port Saint-Raphaël.

PARMENTIER

96. — La Jeune Mère.

PASINI

97. — Souvenir de Constantinople.

PÉRIGNON

98 — Tête de jeune femme; étude.

PLASSAN

99. — Paysage (Veule).

POMEY

100. — Une Liseuse.

POUSSIN

101. — Le Bidet paisible.

PROTAIS

102. — Une Partie de pêche.

PUVIS DE CHAVANNE

103. — Le Rocher blanc.

QUEVREMONT

104. — Grenades et Raisins.

RÉNIÉ (Émile)

105. — Paysage; Fontainebleau.

RICHET

106. — Paysage; forêt de Fontainebleau.

ROBERT-FLEURY

107. — La Sieste.

ROBERT-FLEURY (Tony)

108. — Le Moineau de Lesbie.

ROUART (Henri)

109. — Paysage.

ROUSSEAU (Philippe)

110. — Ancien usage.

SAINT-GENYS (DE)

111. — Une Allée dans le parc de Spa.

SAINTIN

112. — Rag-Pickers, chiffonnières de New-York

SCHREIBER

113. — Le Premier Pas.

SÉDILLE (PAUL)

114. — En automne dans les bois.

SEGE

115. — Sur les côtes du Nord.

SEIGNAC

116. — L'Amour de l'étude.

SOYER (PAUL)

117. — Tête de Bohémienne.

STÉVENS (Alfred

118. — La Lettre de faire part.

TOULMOUCHE

119. — Un tableau.

VALDROME

120. — Un Ruisseau de Pescarella.

VAN ELVEN

121. — Une Vue à Grenade.

Dans l'église, à droite, se trouvent les tombeaux de Jeanne la Folle et de Philippe le Bel.

VEYRASSAT

122. — Retour du labourage.

VOLLON

123. — Nature morte ; les petits oiseaux.

WILLEMS

124. — La Sortie.

WYLD

125. — Place du Marché (à Vicence)

YON

126. — Étude d'intérieur.

YVON

127. — Cheval à l'écurie.

ZIEM

128. — Paysage (à Damanhour).

AQUARELLES ET DESSINS

ANDRIEUX

129. — La Retraite; aquarelle.

ARMAND-DUMARESQ

130. — Grenadier de la garde; aquarelle.

AUTEROCHE (Alfred)

131. — Vache et son Veau; dessin.

BARRIAS

132. — Le Sommeil; dessin.

BÉSENVAL (Brunstall de)

133. — Un Garde-Chasse; aquarelle.

BEAUMONT (Édouard de)

134. — Un dessin.

BEAUMONT (Édouard de)

135. — Un dessin.

BIDA

136. — Le Veilleur en prière; dessin.

BODMER

137. — Paysage; effet d'hiver; aquarelle.

BONHEUR (Auguste)

138. — Le Chemin perdu; souvenir des Pyrénées; dessin.

BONHEUR (Mlle Rosa)

139. — Cerf à sa reposée; aquarelle.

BOUQUET

140. — Moulin à huile sur la Ternoise (Pas-de-Calais); aquarelle.

BROWNE (Mme Henriette)

141. — Tête de femme turque; étude.

CAPELLE (Eugène)

142. — Paysage, forêt de Fontainebleau ; aquarelle.

CHAIGNEAU

143. — Soleil couchant ; aquarelle.

CHAPLIN

144. — Jeune fille jouant de la guitare ; dessin.

CHINTREUIL

146. — La Liseuse ; dessin.

CHINTREUIL

147. — Paysage : étude d'après nature ; dessin.

CICÉRI (Eugène)

148. — Une aquarelle.

CORNILLET

149. — Avant-poste; camp de Pont-Lieu (armée de la Loire); aquarelle.

CURZON (DE)

150. — Levescat; dessin.

CURZON (DE)

151. — Bords du Teverone; dessin.

DAUMIER

152. — Scène d'intérieur; dessin.

DETAILLE

153. — Un Grenadier; aquarelle.

DORÉ (GUSTAVE)

154. — Une Scène dans le quartier de Whitechapel (Londres); dessin.

FOULONGNE

155. — Le Dernier Message; dessin.

GASSIES

156. — Chasseurs égarés (forêt de Fontainebleau); aquarelle.

GENDRON

157. — Étude pour un dessus de porte; dessin.

GUILLAUMET

158. — Un Dromadaire; dessin.

HAMON

159. — Étoile du matin; aquarelle.

HÉDOUIN

160. — Saint-Jean-de-Luc; dessin.

ISABEY (Eugène)

161. — Tournoi; aquarelle.

LABOUCHÈRE

162. — Frédéric le Sage et son frère le duc Jean; aquarelle.

LACOMBE (Mme)

163. — Étude de paysage; dessin.

LACOMBE (Mme)

164. — Étude de chevaux; dessin.

LAMI (Eugène)

165. — Un Mousquetaire; aquarelle.

LAUGÉE

166. — Dante (Étude); dessin.

LELOIR (Louis)

167. — Une aquarelle.

LUCY (Ad.)

168. — Après une bataille; aquarelle.

LUMINAIS

169. — Halte de Gaulois; aquarelle.

MALNOUE (Adrien)

170. — Nature morte ; aquarelle.

MEISSONIER

171. — Aquarelle.

MONNIER (Henry)

172. — Le char de l'État navigue sur un volcan ; dessin.

MÉRY

173. — Une aquarelle.

MOUCHOT

174. — Job et ses amis ; aquarelle.

MOULIGNON (Léopold de)

175. — Scène enfantine ; dessin.

MOULIGNON (Léopold de)

176. — Scène enfantine ; dessin.

MOUILLERON

177. — Un dessin.

NANTEUIL (Célestin)

178. — Faunes; aquarelle.

NOEL (Jules)

179. — Une Rue à Rennes, en 1870; aquarelle.

PALIANTI

180. — Chemin Chicours, paysage; aquarelle.

PAPELEU

181. — Marine; peinture.

PENNE (de)

182. — Bassets; aquarelle.

PILLE (Henry)

183. — Scène de mœurs sous Louis XIV; dessin à la plume.

PILS

184. — Une Vedette; aquarelle.

POLLET

185. — Étude de Suzanne; aquarelle.

POPELIN

186. — L'Homme armé.

Email de Limoges.

RICHOMME

187. — Mendiante italienne; dessin rehaussé.

ROTSCHILD (Mme NATHANIEL BARONNE DE)

188. — Ruines romaines; aquarelle.

RUDEAUX

189. — Partie de pêche, éventail; aquarelle.

SAINT-MARCEL

190. — Lion couché; aquarelle.

SEBRON (H.)

190 *bis*. — Aquarelle.

SAUNIER

191. — Bords de la Seine, à Samois; aquarelle.

SÉVESTRE

192. — Femme endormie; dessin.

SOMM (Henry)

193. — Une chinoiserie; dessin à la plume.

TRAYER

194. — Les Frileux; aquarelle.

VAN MARCKE

195. — Pâturage; dessin.

VETTER

196. — Costume Louis XIV; dessin.

VIBERT

197. — Mendiants arabes; aquarelle.

VILLIERS

198. — Romulus, chien pur sang saintongeais; dessin.

VOILLEMOT

199. — La Cigale; dessin.

WORMS

200. — Brigand espagnol; aquarelle.

WILD

200 *bis*. — Aquarelle.

BRONZES

BARYE

201. — Une Panthère couchée.

CAIN

202. — Un Coq.

MÈNE

203. — Un Taureau normand.

DONS DIVERS

BELLÉE (DE)

204. — Six eaux-fortes ; paysages.

Épreuves avant la lettre.

BOETZEL

205. — Albums des expositions de 1869-70, gravés d'après les dessins des artistes par eux-mêmes.

Un volume relié.

BOUQUET

206. — Vue de Hollande.

Faïence offerte par M. F. Hoschedé.

CHARLET

206 *bis*. — Scène d'intérieur; aquarelle.

Offert par M. Hoschedé Ernest.

CICÉRI (Eugène)

207. — Hangar, à Marlotte ; étude d'après nature.

Dessin aux deux crayons, offert par M. Beugniet.

DUMAS

207 *bis.* — Rêverie.

Offert par M. Glaizot.

GIACOMELLI

208. — *L'Oiseau*, par Michelet, illustré par Giacomelli.

Un très-bel exemplaire.

MAME (Alfred et fils, de Tours)

209. — *Les Jardins*, ouvrage illustré par Anastasi et divers artistes.

Un volume relié, très-bel exemplaire.

SERRE (Léopold)

210. — Tour de Kintzheim ; aquarelle.

Offert par M. Audry.

SERRE (Léopold)

211. — Château de Guirhaden ; aquarelle.

Offert par M. Audry.

ISABEY (Eugène)

212. — Mer agitée ; aquarelle.

Offert par M. Beugniet.

YRIARTE (Charles)

213. — Vue de Biarritz ; aquarelle.

Offert par M. E. Brandon.

---

214. — Vénus de Milo ; réduction en bronze.

Offert par M. Barbedienne.

---

215. — Album de la *Gazette des Beaux-Arts*,

Offert par M. Lajolais, directeur de la *Gazette des Beaux-Arts*.

---

216 — Le *Musée universel*

Offert par M. Édouard Lièvre.

PARIS. — J. CLAYE, IMPRIMEUR, 7, RUE SAINT-BENOIT. — [110]

RED. :

22

graphicom

MIRE ISO N° 1
NF Z 43-007
AFNOR
Cedex 7 - 92080 PARIS-LA-DEFENSE

0 1 2 3 4 5 6 7 8 9 10

www.ingramcontent.com/pod-product-compliance
Ingram Content Group UK Ltd.
Pitfield, Milton Keynes, MK11 3LW, UK
UKHW021505260726
13993UKWH00004B/1570

9 782329 250687